EL LIBRO DE LAS MARAVILLAS

Título original: *Il libro degli meraviglie*

Primera edición: marzo de 2026

Publicado por primera vez en 2025 por Edizioni EL S.r.l., San Dorligo Della Valle (Trieste)/www.edizioniel.com

Derechos de traducción gestionados por Ute Körner Literary Agent

La traducción de esta obra se ha llevado a cabo en la Casa delle Traduzioni di Roma.

Valentín Beato, 21. 28037 Madrid

www.anayainfantilyjuvenil.es

ISBN: 978-84-143-6006-4

Depósito legal: M-25893-2025

Impreso en España - *Printed in Spain*

PAPEL DE FIBRA CERTIFICADA

PIERDOMENICO BACCALARIO
·ILUSTRADO POR·
RAÚL GUERRA

EL LIBRO DE LAS MARAVILLAS

UN VIAJE MÁGICO A TRAVÉS DE LOS CUENTOS MÁS BELLOS

ANAYA

El mundo está lleno de historias hermosísimas, mágicas, profundas, sorprendentes e inolvidables. Pero también existen narraciones que son, simplemente, maravillosas y que escapan a cualquier otra definición. Estos cuentos y fábulas centellean y discurren como las aguas de un arroyo. Fluyen con rapidez, pero, cada vez que vuelves a ellas, allí siguen, tan frescas y hermosas como siempre. Este es el libro de esas historias.

CENICIENTA

Sé que la llamaban Cenicienta porque dormía sobre las cenizas que se acumulaban delante de la chimenea. Había perdido a su madre, así que vivía con sus dos malvadas hermanastras y su madrastra, que la odiaban por el hecho de que una simple mirada suya era mucho más hermosa que las mil joyas que ellas se podían comprar. Cenicienta iba vestida con harapos y, cada día, cuando terminaba con sus muchas obligaciones, canturreaba con las palomas que se posaban en el avellano que ella misma había plantado en el jardín, sobre la tumba de su madre. Es importante tener presente que ella nunca lloraba. Un día llegó al pueblo la noticia de que, durante tres veladas, el Príncipe bailaría con todas las doncellas del reino con la esperanza de encontrar el amor. Las dos hermanastras acudieron presurosas al baile, pero Cenicienta no pudo ir porque no tenía nada que ponerse. Pero entonces, entre las ramas, las palomas le crearon un vestido y unos zapatos de oro y, así vestida, la acompañaron hasta el castillo. Al verla, el Príncipe decidió bailar con ella y solo con ella.

—Eres tú —le dijo el joven.

Pero ella huyó antes de que acabase el baile. Hizo lo mismo cada una de las tres veladas. La última de ellas, perdió uno de sus zapatos; el Príncipe lo recogió e intentó ponérselo a las doncellas que habían participado en el festejo. Cuando les tocó el turno a las hermanastras, intentaron hasta cortarse los dedos para que el pie les cupiese. Pero no pudieron conseguirlo: aquel zapato solo le quedaba bien a una persona. Cuando el Príncipe la reconoció, Cenicienta dijo:

—Sí, soy yo.

HANSEL Y GRETEL

Había una vez una casita hecha de mazapán, chocolate y fruta escarchada que se encontraba en mitad de un bosque tenebroso y escalofriante. Hansel y Gretel no tenían ni idea de qué hacían allí; lo único que sabían era que su papá se había casado con una mujer malvada y que, al convertirse en su madrastra, esta lo había convencido de abandonar a sus hijos en el bosque. Los niños estaban cansados y muertos de frío, y tenían mucha, pero que mucha, hambre. Los dos hermanos le dieron un mordisco a la ventana de la casa y, nada más hacerlo, se abrió la puerta principal, que estaba hecha de chocolate. En el umbral de turrón apareció una viejecita medio ciega; al observarla bien, los niños pensaron que se parecía mucho a su malvada madrastra. La anciana les pidió que, por favor, dejasen de comerse la casa. Les dijo que, a cambio, les prepararía una cena inolvidable. Pero, en realidad, aquella ancianita era una Bruja terrorífica que encerró a los dos hermanitos en una jaula para comérselos en cuanto los hubiese cebado lo suficiente.

Para saber cuándo estarían en su punto, la Bruja los obligaba a sacar un dedo de entre los barrotes para poder palpárselo. Pero Hansel, en lugar del dedo, le acercaba un hueso de pollo muy seco y endeble. En un momento dado, la Bruja se cansó de esperar e hizo salir a Gretel de la jaula para que la ayudase a encender el horno en el que pretendía cocinarlos. La niña fingió que no entendía cómo se hacía aquello, así que, para explicárselo, la bruja metió la cabeza en el interior del horno. Gretel aprovechó el momento para empujarla adentro y cerró la portezuela, que ya estaba al rojo vivo.

Cuando quemaron a la Bruja, los dos hermanos atravesaron el bosque para volver a su casa. Abrazaron a su papá y no vieron ni rastro de la madrastra malvada. Tengo la sensación de que, igual que la Bruja y su casita, aquella mujer se derritió como un caramelo a pleno sol.

BLANCANIEVES

Cuando nació, la llamaron Blancanieves porque tenía la piel blanca como la nieve, las mejillas rojas como la sangre y el pelo negro como el ébano. Me consta que su madrastra también era muy hermosa, pero su belleza adolecía de cierta fragilidad y, además, era una persona muy envidiosa. La madrastra se pasaba el día preguntándole a su espejo, que era incapaz de mentir, quién era la mujer más bella del reino. El día en que este le respondió que la más hermosa no era ella sino Blancanieves, que ya se había convertido en toda una mujer, la Reina ordenó al buen Cazador que se llevase a la muchacha al bosque, que la matase y que, como prueba, le devolviese sus pulmones y su hígado. El Cazador la obedeció, pero al final no mató a Blancanieves. En lugar de eso, le llevó los pulmones y el hígado de un jabalí. La reina se los comió.

El bosque era oscuro y gigantesco; tanto que abarcaba siete montañas. Detrás de la última, había una casita con siete sillitas, siete platitos, siete vasitos y siete camitas. Blancanieves pidió permiso para entrar, pero nadie le contestó. Eligió una de las camitas y se quedó dormida. Por la noche, llegaron siete enanitos, que venían de extraer oro y piedras preciosas de una mina. Cuando vieron a Blancanieves, se enamoraron de ella y le dijeron:

—Si te encargas de la casa y cocinas para nosotros, ya no tendrás que temerle a nada.

Y eso fue lo que acordaron. Pero cuando el espejo le chivó a la Reina que la más hermosa seguía siendo Blancanieves, esta localizó la casa de los enanitos y trató de matar a la muchacha con una cinta de plata, después con un peine y, por fin, con una manzana envenenada.

Blancanieves cayó en un sueño muy profundo y la metieron en un ataúd de cristal que los enanitos se encargaron de custodiar por turnos. Solo un Príncipe tenía permiso para llevársela de allí. Al mover el ataúd, el príncipe rompió el cristal sin querer… Pero nunca un tropiezo fue tan fortuito: el golpe hizo que Blancanieves expulsase el trozo de manzana envenenada que aún tenía en la garganta… y se despertó. En la fiesta de compromiso, le pusieron a la Reina unos zapatos que estaban al rojo vivo y la obligaron a bailar durante toda la noche hasta que, por última vez, ardió de pura envidia.

PINOCHO

Pinocho era un títere que Geppetto había tallado con un leño mágico. Era alegre y vivaracho, pero también perezoso y algo granuja: ¡menudos líos montaba! El problema era que Geppetto no le había hecho agujeros para los oídos, así que a Pinocho le costaba oír la voz de su conciencia. Sin embargo, se tragaba todas las mentiras que le contaban. Una vez creyó que los títeres de Comefuego estaban vivos… y por poco acaba chamuscado. En otra ocasión se dejó engañar por dos bribones llamados Gato y Zorro: enterró en un campo el poco dinero que tenía creyendo que de allí brotaría un árbol de monedas de oro. Se lo robaron todo y, además, lo dejaron colgado de una rama.

Lo salvó una niña, Turquina, que decía que vivía en una casa en la que todos habían muerto, incluida ella misma. En realidad, la niña era un hada. Esta le preguntó a Pinocho que por qué no iba a la escuela y él le mintió tres veces. Entonces le creció una enorme nariz y el hada tuvo que llamar a unos pájaros carpinteros para que se la volviesen a cortar.

Turquina le dijo que le daría un premio cuando aprendiese a comportarse correctamente, pero no fue algo que Pinocho consiguiese de inmediato; de hecho, se fue con un truhan al País de los Juguetes y allí le crecieron dos grandes orejas de burro y estuvo a punto de convertirse del todo en ese animal. Luego se lo tragó un tiburón —fue justo así, por mucho que la gente diga que fue una ballena— y en la panza de este se encontró con Geppetto, que había salido a buscarlo en su barca. Muy emocionados, los dos volvieron a su humilde casita, y allí Pinocho cuidó de su papá. Una noche, el hada Turquina cumplió su promesa: cuando el títere se despertó, el fuego de la chimenea ya no era una pintura en la pared, sino fuego real. Geppetto había vuelto a ser joven y Pinocho… Pinocho se había convertido en un niño de carne y hueso.

CAPERUCITA ROJA

Había una vez una niña muy buena que tenía una caperuza que le había regalado su abuela. Un día, su mamá le dijo:

—Lleva este pan y este vino a la abuela… Pero no te salgas del sendero, que ya sabes lo que dicen.

No me preguntes por qué, pero la casita de la abuela se encontraba justo en mitad del bosque, bajo un gran avellano. En la linde del camino, Caperucita se encontró con un lobo que estaba agazapado entre las sombras. Este le preguntó:

—¿Adónde vas tan guapa?

Caperucita, que era la mar de educada, se lo explicó.

—¿Y por qué no le llevas también un ramito de flores a tu abuela?

A Caperucita le pareció una idea estupenda, así que se puso a recoger florecillas. Pero, mientras cogía una de aquí y otra de allí, acabó por salirse del sendero. Entretanto, el lobo corrió hacia la casita de debajo del avellano, abrió el pestillo de la puerta, entró al interior, se zampó a la abuela y se escondió en la cama para esperar a la nieta.

—¡Qué orejas tan grandes tienes…! —exclamó Caperucita en cuanto llegó.

—Son para oírte mejor…

—¡Y qué ojos…!

—Son para verte mejor…

—¡Y qué manos y qué boca tan grandes!

Y, con esa boca enorme, el lobo se la comió también. Después de hacerlo, se echó a dormir. Roncaba tan fuerte que un cazador lo oyó y, con un buen par de tijeras, le abrió la panza para dejar salir primero a Caperucita y después a la abuelita.

El cazador se fue de allí llevándose la piel del lobo, la abuelita pudo darse por fin una buena merendola y, según me han contado, Caperucita, desde entonces, no ha vuelto a salirse nunca del sendero del bosque.

PULGARCITO

Pulgarcito era el más pequeño de siete hermanos; de los otros seis, nadie me dijo nunca el nombre. Sus padres eran tan pobres que, como no tenían con qué alimentarlos, los abandonaron en un bosque oscuro y lleno de misterios. Pero Pulgarcito, que era muy astuto, consiguió llevarlos a todos de vuelta a casa gracias a que había ido dejando caer del bolsillo unas piedrecitas blancas que brillaron con la luz de la luna y les marcaron el camino de retorno. Los padres los abandonaron de nuevo en el bosque, pero, en esa segunda ocasión, Pulgarcito fue dejando a su espalda un reguero de miguitas de pan. Por desgracia, los pajarillos se las comieron y los niños perdieron el rastro. Surcaron unos caminos y después otros, y por fin encontraron una gran casa marrón en la que vivía una señora muy bondadosa con sus siete hijas. Si entraban en su casa, la mujer podría darles algo de comer, pero les advirtió de que, con toda probabilidad, su marido, que era un ogro, se los intentaría zampar a los siete. «Qué se le va a hacer», se dijo Pulgarcito: lo que estaba claro era que tenía que llevarse algo a la boca cuanto antes.

Llegó la noche y, atravesando la oscuridad, el ogro entró en la habitación donde dormían todos los niños. Con su cuchillo enorme y afilado, mató a quienes llevaban un gorrito de dormir y perdonó la vida a quienes llevaban una diadema. Lo que el ogro no sabía era que, antes de dormirse, Pulgarcito había intercambiado los gorritos y las diademas, por lo que, sin quererlo, el ogro había asesinado a sus siete hijitas.

Los niños salieron corriendo perseguidos por el ogro, completamente enajenado por la ira. Pero, como no había comido, muy pronto se cansó y se quedó dormido. Entonces, Pulgarcito le quitó las botas, volvió a la casa de la señora bondadosa y la convenció de que le diese todos sus ahorros para salvar al ogro de una banda de bandidos. Y, según me cuentan, fue entonces cuando Pulgarcito volvió a casa; no solo con todos sus hermanos, sino también con un buen puñado de monedas en el bolsillo.

LA REINA DE LAS NIEVES

Se cuenta por ahí la historia de un espejo encantado que, un día, se rompió en mil pedazos que el viento transportó como si fueran copos de nieve. A un muchachito llamado Kay se le hincó en el ojo uno de estos fragmentos mientras jugaba, la mar de feliz, junto al rosal que separaba su casa de la de su amiga Gerda. Pero en ese momento todo cambió: las nubes pasaron a estar grises y cargadas de nieve, y Kay salió volando en el trineo de la Reina de las Nieves. Con un simple beso, ella lo encadenó a su palacio helado y lo obligó a tallar palabras sobre bloques de hielo. Pero la amiga de Kay no se dio por vencida y salió a buscarlo: en primavera le pidió ayuda al río y navegó por él con su barca hasta llegar al jardín de una vieja hechicera que también estaba sola en el mundo. Usando un hechizo, la mujer obligó a Gerda a olvidarse de Kay.

Este encantamiento duró hasta otoño, cuando todo el jardín se marchitó y la muchacha se liberó de aquel hechizo. Entonces Gerda siguió a un cuervo que la llevó a un castillo del que se decía que, allí, un forastero se había casado con la princesa de aquel reino. Pero resultó que no era Kay. Sin embargo, aquellos príncipes le dijeron dónde podría encontrarlo y le ofrecieron una hermosa carroza para llegar hasta aquel lugar. El problema fue que el carruaje era tan llamativo que, cuando Gerda salió en busca de Kay, la asaltaron unos malhechores. Cuando la muchacha les contó su historia, la hija de aquellos bribones, emocionada, la liberó y le ofreció su reno para que la acompañase.

Así llegó por fin al castillo de la Reina de las Nieves, donde Kay se dedicaba a escribir sobre el hielo sin acordarse de ella. Gerda lo abrazó y lo apretó contra su cuerpo hasta que su llanto le derritió el hielo del corazón. Kay se echó también a llorar. Las lágrimas hicieron que el ojo del muchacho escupiese la esquirla del espejo malvado. Se marcharon del castillo y, mientras recorrían el camino de vuelta a casa, por fin volvió a salir el sol.

EL SOLDADITO DE PLOMO

De entre todas las baratijas y juguetes que había en el salón, el Soldadito de plomo se fijó en la Bailarina de papel. Al verla con su cinta plateada, se enamoró de ella. Era el último de veinticinco soldaditos que vestían un uniforme rojo y negro. Con el puño sujetaba un fusil y solo tenía una única pierna porque se les acabó el plomo antes de que pudieran hacerle la otra. La bailarina también parecía tener solo una pierna, con ella se mantenía en equilibrio sobre la balda de encima de la chimenea; pero lo que en realidad sucedía era que estaba haciendo un paso de baile.

También me han dicho que en una lata que había en el salón vivía un viejo trol muy envidioso que empujó al soldadito por la ventana. Cuando los niños de la casa salieron corriendo a buscarlo, el Soldadito había desaparecido. Lo habían cogido dos golfillos, que lo pusieron en un barquito de papel de periódico y lo hicieron navegar por las acequias de la zona. Entonces empezó a llover y el barquito se coló por un desagüe oscuro que llevaba al Reino de las Ratas. Cuando lo detuvieron en la frontera, el Soldadito agarró su fusil y les ordenó:

—¡Dejadme pasar!

Desde allí llegó al mar, donde se lo tragó un pez. Un pescador atrapó el animal y, cuando más tarde le cortaron la cabeza, alguien gritó:

—¡Pero si es el Soldadito de plomo!

El destino había querido que volviese a la casa de la que había salido. Rápidamente, miró hacia la parte superior de la chimenea y la Bailarina de papel le devolvió la mirada. Entonces, desde su lata, el trol le sugirió a uno de los niños más pequeños que echase al fuego al Soldadito. Él vio una luz muy fuerte y percibió un intenso calor, pero dio por hecho que eso era lo que se sentía al estar enamorado. Agarró más fuerte el fusil y, en aquel momento, la Bailarina saltó al fuego, justo a su lado. Apenas duró una llamarada. Al día siguiente, entre las cenizas, alguien encontró un corazoncito de plomo y una cinta plateada ennegrecida. Pero de la lata y del trol nunca más se supo.

LA SIRENITA

La Sirenita no tenía nombre. Era tranquila y meditabunda. Tenía cinco hermanas mayores que ella. Cada vez que alguna de ellas cumplía quince años, podía emerger del fondo del mar durante todo un día para echar un vistazo al vasto mundo de los humanos. La primera de las hermanas dijo que lo más bonito de la superficie era tumbarse sobre la arena bajo la luz de la luna. La segunda contó maravillas de las nubes rojizas y malvas que navegaban por el cielo. La tercera, que era más valiente, volvió hablando sobre cómo jugaban los niños y sobre un perro que le ladró. La cuarta hermana vio los barcos, pero desde lejos. La quinta oteó la nieve que se acumulaba sobre las montañas. Cuando llegó el momento de la Sirenita, se topó con una gran tempestad y salvó a un joven príncipe cuya goleta se había hundido. Lo tendió sobre la arena y lo cuidó hasta el amanecer. Pero entonces aparecieron otras muchachas y la Sirenita salió huyendo hacia las profundidades del mar.

Fue entonces cuando, en su corazón, se levantó una tempestad. Le pidió a la Hechicera del mar que le dividiese en dos la cola para así tener piernas y poder caminar fuera del agua, aunque sabía que cada paso que diese le provocaría un intenso dolor. La Sirenita le pagó con su voz y emergió del fondo del mar en busca de su amor. Si el Príncipe la reconocía, vivirían juntos para siempre; si no lo hacía, ella, al amanecer, se disolvería como la espuma.

Se encontraron en el castillo, sobre el acantilado. Pero la Sirenita no podía hablar y, según me cuentan, en el amor son más importantes las palabras que los hechos. Así que el Príncipe no la reconoció; de hecho, él pensaba que del naufragio lo había salvado otra princesa.

La Sirenita no lloró: las de su especie no saben hacerlo. Con tranquilidad, se dispuso a desaparecer bajo la espuma de una ola... Pero, un instante antes de que eso sucediese, oyó la voz de las hijas del viento invitándola a que viajase con ellas hacia el sur y se convirtiese en aire fresco y perfume de rosas. Le dijeron que podría convertirse en brisa durante, al menos, trescientos años... y que después ya se vería.

EL GATO CON BOTAS

Y ahora me toca a mí. Soy la herencia del tercer hijo de un molinero. Al primero le tocó el molino; al segundo, el burro; el tercero se tuvo que conformar conmigo. Lo primero que hizo fue intentar comerme, pero, cuando se dio cuenta de que sabía hablar, me miró con la expresión de un buen chico que se avergüenza del destino que le ha tocado.

—A veces surge la oportunidad de hacer las paces con la suerte —le dije.

Entonces le pedí un sombrero con una pluma, un saco vacío y un par de botas. Lo primero que hice fue cazar un conejo y enviárselo al rey de parte del marqués de Carabás, un nombre que me inventé sobre la marcha. Y volví a hacer lo mismo con unas perdices, un ciervo y otros animales. Cuando al rey le picó la curiosidad, convencí a mi amo de que se diese un baño en el lago que había junto al camino y salí corriendo hacia el carruaje del rey para pedirle ayuda, diciéndole que unos bribones acababan de robarle la ropa al marqués de Carabás. El rey le dio unas prendas nuevas, lo invitó a subir al carruaje y… hasta me pareció ver que la princesa lo miraba con interés. Pero todo príncipe necesita poseer unas tierras, así que fui corriendo a convencer a los campesinos de que dijesen que todos los manzanos y todo el trigo de los alrededores pertenecían al marqués de Carabás. Entonces fui al castillo del señor de aquella región, que era un ogro mágico la mar de fanfarrón. Le pregunté si era verdad eso que decían de que podía transformarse en otras cosas y, con las mismas, se convirtió en un león.

—Maravilloso —le dije—. ¿Pero sabría también transformarse en un ratoncillo?

—Pues claro que sí.

Y cuando lo hizo, como suele decirse, me lo zampé de un bocado. Justo después abrí las puertas del castillo al carruaje del rey y los invité a todos a que pasaran a las estancias del marqués de Carabás, que, hasta hacía tan solo unas semanas, no era más que el hijo más pobre de un molinero.

LOS AUTORES

PIERDOMENICO BACCALARIO

Pierdomenico Baccalario nació en Acqui Terme en 1976. Empezó a escribir siendo muy joven y en 1998 ganó el premio El Barco de Vapor. Desde entonces, ha publicado numerosos libros de aventuras, así como novelas y sagas juveniles de fantasía. Sus libros forman parte del catálogo de las mejores editoriales y han sido traducidos a treinta lenguas. Trabajó en la Escuela Normal Superior de Pisa y lleva más de veinte años colaborando con la organización del Lucca Comics & Games y con el *Corriere della Sera*.

RAÚL GUERRA

Raúl Guerra es un artista e ilustrador nacido en 1978 que vive en Ronda (Málaga). Expone su obra de forma habitual en galerías de arte de todo el mundo. En su obra usa elementos de la cultura popular y el folclore de las narraciones del pasado para conectar al público con el niño que aún vive en su interior. Sus personajes son una mezcla de emociones y experiencias, así como un símbolo de nuestro pasado y de sus hermosísimos ecos. Guerra usa de forma creativa esa nostalgia y la vuelca en la mitología y los cuentos de hadas usando toda la fuerza y la universalidad de la narración a través de la imagen.